Abbé L. BRIAULT

TOLRA - ÉDITEUR - PARIS.

UN ENFANT HÉROÏQUE

DÉPOT LÉGAL
Seine
1899
UN ENFANT HÉROÏQUE
TOLRA-Éditeur-Paris.

UN ENFANT HÉROÏQUE

’était le 6 août 1870, après la journée sanglante de Reischoffen. La bataille était perdue. De tous côtés les Français, accablés par le nombre, décimés par une pluie de fer, battaient en retraite. Cuirassiers, fantassins, artilleurs, zouaves, chasseurs, turcos, soldats de toutes armes et de tous grades, enfants perdus de la bataille, fuyaient au hasard, dans un pêle-mêle sans nom, s’appelant, criant, avec des gestes désespérés, montrant le poing à l'artillerie ennemie qui grondait toujours, s'étonnant de se retrouver vivants après s'être rués, pendant des heures, dans cette épouvantable fournaise, et regrettant de n'avoir pas succombé dans la lutte héroïque, au clair soleil du matin, sous l'œil des chefs, en défendant le drapeau mutilé par les balles.

La nuit allait venir ; la pluie tombait à flots, trempant jusqu'aux os les malheureux fuyards et rendant plus pénible leur marche à travers un pays couvert et accidenté. Ce qu'ils voulaient, c'était gagner la route de Bitche ou de Strasbourg, rejoindre le gros de l'armée qui ne manquerait pas de se reformer dans l'une ou l'autre de ces places fortes et venger la France du nouvel échec qu'elle venait de subir.

Et ils allaient, la rage et la vengeance

au cœur, épuisés par les efforts surhumains de la bataille, harassés par la fatigue de cette fuite sur des routes inconnues, avides d'un repos que la crainte des poursuites de l'ennemi ne permettait pas de prendre, tourmentés par la faim et par une soif ardente que l'eau fade et tiède qui tombait du ciel ne pouvait apaiser, blessés pour la plupart, et jetant dans les fossés de la route, à mesure que leurs forces diminuaient, leurs bagages et leurs armes, afin de rendre leur allure plus rapide et de soulager leur corps exténué.

Des groupes se formaient ainsi, au hasard de la marche, composés d'hommes appartenant à tous les régiments qui avaient pris part au combat, marchant droit devant eux, sans ordre, sans direction, avec le seul désir de fuir ce champ de bataille maudit couvert de morts, de blessés, bus. de caissons abandonnés, de chevaux éventrés, et d'où s'exhalait une épouvantable odeur de poudre et de sang.

Un de ces groupes, qui s'était engagé dans un chemin de traverse bifurquant avec la grand'route suivie par le reste des fuyards, venait de s'arrêter sur la lisière

Ils jetaient dans les fossés de la route leurs bagages et leurs armes (page 9).

Ils marchaient droit devant eux sans direction (page 9).

d'un bois dont les hautes futaies allaient
pouvoir leur servir d'abri contre la pluie
et de refuge en cas de poursuite de la part
de l'ennemi.

En un clin d'œil, le campement est
établi, et les soldats, enveloppés dans leurs
manteaux et leurs capotes, se serrant les
uns contre les autres, s'apprêtent à prendre quelques heures de repos.

Soudain, dans ce silence de la nuit,
qui n'est troublé que par des gouttes de
pluie tombant avec de petits bruits secs
sur les feuilles des arbres, une voix forte
et impérieuse s'écrie : Qui va là? Arrêtez !

En un instant, tous les hommes sont
debout, anxieux, se demandant avec effroi
la cause de cette alerte.

En ce moment, s'avance un capitaine
de cuirassiers, tenant fortement par ses

habits un jeune garçon de quatorze ans environ.

Un feu s'allume. Tous les regards sont fixés sur le jeune paysan. Celui-ci, avec une calme assurance, promène tranquillement ses yeux sur ces hommes d'uniformes et d'aspect divers, dont aucun pourtant n'a l'air favorablement disposé à son égard.

Les soldats enveloppés dans leurs manteaux (page 13).

— Qui es-tu? lui dit durement l'officier. Que venais-tu faire ici à cette heure? Quel était ton dessein en te faufilant derrière ces arbres où je t'ai surpris ?

— Je me nomme Joseph Henner, répondit doucement l'enfant, en regardant bien en face son interlocuteur ; je suis domestique à la ferme de Forvillers qui est à une lieue d'ici. Je vous ai vus passer et vous ai suivis de loin, pensant que vous auriez besoin de mes services pour échapper aux Prussiens.

— Dis-tu vrai ?

— Je suis Français, mon officier, et deux de mes frères sont morts sous les drapeaux.

— Crois-tu que l'ennemi songe à nous donner la chasse ?

— Mon officier, vous n'aviez pas quitté la grand'route qu'une troupe nombreuse

de cavaliers allemands dépassait, après
avoir hésité longtemps sur la direction à
prendre, la bifurcation du chemin de traverse qui vous
a amenés ici.
La pluie
seule qui
a effacé
vos tra-
ces vous
a sauvés.
Quand ils
recon-
naîtront
leur er-
reur, rien
ne dit

Qui va là? arrêtez (page 13).

Qui est-tu? lui dit durement l'officier (page 15).

qu'ils ne reviendront pas sur leurs pas, et dame, comme ils ont l'air moins fatigués que vous et qu'ils ont de bons chevaux, je ne réponds pas que vous pourrez leur échapper.

A ces paroles du petit paysan, un long frisson courut dans les rangs de la foule, et une inquiétude mortelle se répandit sur les traits de ces hommes qui venaient pourtant d'affronter courageusement la mort.

— Partons! partons! crient jusqu'aux blessés eux-mêmes, que la pensée de la captivité sur la terre ennemie épouvante et rend tout à coup valides.

Tous les regards sont fixés sur le capitaine et semblent l'interroger : Que va-t-il décider.

— Mais alors, comment faire? dit celui-ci en s'adressant à l'enfant.

— Voilà, mon officier : vous allez tous me suivre jusqu'au bord du Falkensten qui est à deux pas d'ici. Je vous indiquerai le gué. Quand vous l'aurez traversé, je réponds de vous, car vous aurez une avance de plus de deux heures sur ceux qui vous poursuivent, et vous serez sur la route de Bitche où les Prussiens n'iront pas vous chercher.

— En route ! cria aussitôt l'officier qui, prenant le commandement, se vit obéi en un clin d'œil.

Il voulut mettre l'enfant en croupe, mais celui-ci s'y refusa, disant qu'il n'était pas fatigué, ne s'étant pas battu comme eux toute la journée avec les Allemands.

La fuite fut lente et difficile ; les blessés qu'on ne voulait pas abandonner retardaient la marche de la petite troupe.

Enfin, après une mortelle heure d'angoisse et de fatigue, on arriva sur les bords de la rivière dont tous les ponts avaient été coupés.

Le Falkensten coulait à pleins bords, mais l'enfant ne fut pas embarrassé pour cela. Il fit une centaine de pas sur la rive, puis s'arrêtant tout à coup :

— C'est là qu'il faut passer, dit-il, en s'adressant aux hommes qui le suivaient.

Alors, entrant résolument dans l'eau, il montra le chemin à ces braves gens qui, dix minutes après, étaient de l'autre côté de la rivière.

Le capitaine le prit dans ses bras et l'embrassa avec effusion. Puis, lui remettant sa carte, il lui dit :

— Si jamais tu as besoin de moi, tu n'auras qu'un signe à me faire, je serai à ta disposition, car je n'oublierai jamais le service que tu viens de nous rendre.

Toutes les mains se tendirent vers le jeune paysan qui, pour répondre à tous ces témoignages de reconnaissance, ne trouva que ce seul mot qui résumait bien l'émotion de son âme :

— Vive la France !

Les blessés retardaient la marche (page 20).

Alors entrant résolument dans l'eau (page 21).

— Vive la France! clamèrent les soldats à leur tour.

Ce fut sur ce cri d'espérance qu'on se
sépara : la troupe pour aller reprendre
rang parmi les défenseurs de la patrie,
l'enfant pour rendre de nouveaux services
aux soldats français si l'occasion s'en pré-
sentait.

Après quelques instants de repos, Joseph Henner traversa de nouveau la rivière
et reprit le chemin qui devait le ramener
à la ferme de ses maîtres. Il marchait d'un
pas rapide, afin de réchauffer ses membres
engourdis par le contact glacé de ses vête-
ments ruisselants d'eau et collés à sa
peau. Le jour commençait à poindre, et
le ciel, éclairci par la pluie d'orage qui
avait duré toute la nuit, se montrait pur
et brillant d'un bout à l'autre de l'horizon.

Déjà l'intrépide enfant avait franchi

une bonne partie de la distance qui le séparait du but qu'il voulait atteindre, quand
il lui sembla
entendre un
bruit sourd
et prolongé,
semblable à
celui que fe-
rait une trou-
pe de cava-
liers lancés
au galop.

Sa pre-
mière pen-
sée fut de se
cacher, ce
qui lui était
d'autant plus
facile qu'il se
trouvait en

Le capitaine l'embrassa avec effusion (page 21).

ce moment sur le bord d'une vaste forêt.
Mais réfléchissant sans doute qu'à son
âge il n'avait rien à craindre des Prussiens, et que, peut-être, il allait pouvoir
rendre un nouveau service à ses malheureux compatriotes, il continua résolument
sa route.

Il n'avait pas fait cent pas, qu'au pre-
mier coude du chemin, il se trouva en face
d'une cinquantaine de cavaliers allemands
armés jusqu'aux dents, dont les chevaux
écumants témoignaient de la longueur et
de la rapidité de la course qu'ils venaient
de fournir, et dont le chef, d'un ton qui
n'avait rien de rassurant, lui donna aussitôt l'ordre de s'arrêter.

L'enfant s'arrêta.

Alors, adoucissant sa voix autant que
le lui permettait son affreux accent ger-
manique, l'officier lui dit :

— Dis donc, bedit, as-tu vu les Vrançais bar ici?

— Oui, mon officier, lui répondit l'enfant sans sourciller.

— Où les as-tu rencontrés?

— A deux lieues d'ici environ, sur les bords du Falkensten.

Vive la France! (page 22).

Le chef lui donna ordre de s'arrêter (page 27).

— Sont-ils montés?

— Les uns sont à pied, les autres à cheval, beaucoup sont blessés.

Un murmure, ou plutôt un grognement de satisfaction se fit entendre dans les rangs des cavaliers. La proie n'était pas éloignée et allait être facile à saisir. Quelle bonne aubaine pour ces pillards de profession!

— Benses-tu que nous buissions les atteindre? poursuivit l'officier.

— Dame, ça dépend du train dont vous irez.

— Y a-t-il un bont sur le Falkensten?

— Il y en avait plusieurs, mais ils sont tous coupés.

— Alors les Vrançais n'ont pu traverser la rivière?

— Sur le pont, non, mais au gué, si.

— Il y a un gué?

— Oui.

— Tu le connais ?

— Oui.

— Alors tu vas nous conduire.

— C'est que, c'est que, fit l'enfant hésitant, je suis domestique et mon maître m'attend. Et ce disant, le jeune paysan prenait un air désolé qui contrastait singulièrement avec le feu sombre de son regard et le sourire mauvais qui plissait les coins de sa bouche.

Où voulait-il en venir? Quel était son dessein en fournissant ainsi à l'ennemi des indications si précises et si vraies sur la fuite des malheureux Français?

L'espoir d'une récompense allait-il faire commettre une infâme trahison à celui qui se dévouait, il y a à peine quelques heures, au salut des vaincus?

L'officier fit signe à l'un de ses hommes,

une sorte de géant, qui, soulevant l'enfant par les bras, le mit en selle devant lui.

— En route, mon bedit, fit le chef de la troupe avec un gros rire brutal, tu vas nous conduire et nous montrer le gué.

— Dame, il faut bien, dit l'enfant, sans plus d'émotion, puisque vous êtes le maître.

Et les chevaux, un instant reposés, bondissant sous l'éperon, reprirent leur galop furieux. Une demi-heure après, la troupe faisait halte sur le bord du Falkensten, en vue d'une ruine noircie et plongeant dans l'eau, derniers restes d'un pont que nos soldats avaient fait sauter quelques jours auparavant.

— Montre-nous le gué, bedit, fit alors l'officier en s'adressant à l'enfant, et tu bourras t'en retourner abrès.

Joseph Henner eut l'air d'hésiter.

— C'est mal, ce que vous allez me faire faire là, dit-il d'un ton piteux; les Français ne me le pardonneront pas.

Pour toute réponse, l'officier lui mit son revolver sur la tempe.

— Eh bien, suivez-moi, fit-il.

Soulevant l'enfant par les bras, il le mit en selle (page 33).

Mais un bras qui brandit un sabre (page 39).

Et il montrait, vingt mètres plus bas, une pente douce par où les chevaux pouvaient facilement descendre dans le lit de la rivière.

La troupe entière s'engagea dans ce passage, le chef en tête, lequel avait pris avec lui, sur son cheval, le jeune paysan. Le courant, en cet endroit, était assez rapide, mais l'eau avait à peine un mètre de profondeur : tout allait donc au gré des soldats.

Ils avaient peut-être franchi le tiers de la distance qui les séparait de l'autre rive, quand tout à coup un juron formidable se fit entendre, et l'on vit le cheval que montait l'officier disparaître dans l'eau avec son double fardeau ; mais aussitôt Joseph Henner reparut à la surface, nageant vigoureusement vers la rive.

Le cri du chef avait été entendu de

toute la troupe, laquelle, excitée par la curiosité et voulant se rendre compte de ce qui se passait, avait été de l'avant, et, dans une poussée énorme, s'était jetée tout entière dans le gouffre.

Pendant un instant, ce fut un terrifiant spectacle : chevaux et cavaliers se débat-

Joseph Henner nageait vigoureusement sur la rive (page 37).

taient convulsivement, avec des efforts
désespérés, dans l'abîme, mais, gênés
dans leurs mouvements, emportés par
leurs montures affolées, ils disparaissaient
un à un sous les flots qui se refermaient
sur eux.

Joseph Henner nageait toujours ; il
allait prendre pied, quand soudain une
tête hideuse, rendue plus effroyable en-
core par l'expression de haine et de vengeance qui l'animait, paraît à côté de lui.
L'enfant veut s'éloigner, mais un bras
qui brandit un sabre se lève et s'abat avec
un bruit sourd sur le nageur, dont le bras
droit est presque séparé du tronc.

— Vive la France ! s'écrie l'héroïque
enfant en disparaissant avec son meurtrier
dans les flots.

Cet épouvantable drame dura cinq
minutes à peine, au bout desquelles de ces

hommes robustes, de ces chevaux vigou-
reux, il ne restait plus rien que quelques
cadavres qui s'en allaient tristement à la
dérive.

Joseph Henner était mort, mais ses
frères étaient vengés.

Imprimerie Vve Albouy, 75, avenue d'Italie. — Paris.